W9-AFF-407

Lo básico de la naturaleza/Nature Basics

Lo básico de la tierra/ Soil Basics

por/by Carol K. Lindeen

Editora consultora/Consulting Editor:
Gail Saunders-Smith, PhD

Consultora/Consultant: Sandra Mather, PhD
Profesora emérita de Geología y Astronomía/
Professor Emerita of Geology and Astronomy
West Chester University, Pennsylvania

CAPSTONE PRESS
a capstone imprint

Pebble Books are published by Capstone Press,
151 Good Counsel Drive, P.O. Box 669, Mankato, Minnesota 56002.
www.capstonepub.com

 Books published by Capstone Press are manufactured with
paper containing at least 10 percent post-consumer waste.

Library of Congress Cataloging-in-Publication Data
Lindeen, Carol, 1976–
    [Soil basics. Spanish & English]
    Lo básico de la tierra = Soil basics / por Carol K. Lindeen.
    p. cm. —(Pebble bilingüe. Lo básico de la naturaleza = Pebble bilingual.
Nature basics)
    Summary: "Simple text and photographs present soil—in both English and
Spanish"—Provided by publisher.
    Includes index.
    ISBN 978-1-4296-5347-3 (library binding)
    1. Soils—Juvenile literature. 2. Soil ecology—Juvenile literature. I. Title. II. Title:
Soil basics. III. Series.
S591.3.L5618 2011
631.4—dc22   2010004997

Note to Parents and Teachers

The Lo básico de la naturaleza/Nature Basics set supports national science standards related to earth and life science. This book describes and illustrates soil in both English and Spanish. The images support early readers in understanding the text. The repetition of words and phrases helps early readers learn new words. This book also introduces early readers to subject-specific vocabulary words, which are defined in the Glossary section. Early readers may need assistance to read some words and to use the Table of Contents, Glossary, Internet Sites, and Index sections of the book.

Table of Contents

Tabla de contenidos

What Is Soil?

Soil is the top layer of the earth. Plants grow in soil. Animals live in it and on it.

¿Qué es la tierra?

La tierra es la capa superior de nuestro planeta. Las plantas crecen en la tierra. Los animales viven dentro y encima de ella.

Soil is made of bits of rock.
Weather breaks larger rocks
into these bits over time.

La tierra está formada por
trozos de roca. El tiempo
rompe las piedras más
grandes en trozos a medida
que pasan los años.

Rotting leaves and animals are also part of soil.

Como las hojas y los animales se descomponen, ellos también son parte de la tierra.

Types of Soil

Many types of soil are found on earth. Different rocks, plants, and animals make up each soil type.

Tipos de suelo

En el planeta Tierra hay diferentes tipos de suelos. Cada tipo de suelo está compuesto de diferentes rocas, plantas y animales.

Silt is soil that feels like powder. Wet silt turns into mud. Dry silt blows away.

El cieno es un tipo de tierra que se siente como polvo. El cieno mojado se convierte en fango. El cieno seco es dispersado por el viento.

Soil made of clay can clump together. Wet clay is sticky and heavy. Dry clay is hard.

La tierra compuesta de arcilla puede compactarse en terrones. La arcilla mojada es pegajosa y pesada. La arcilla seca es dura.

Soil made of pebbles and
sand is loose and dry.

La tierra compuesta
de guijarros y arena
es suelta y seca.

Living in Soil

Earthworms live in soil.
They eat rotting leaves.
Waste from earthworms
helps new plants grow.

Vivir en la suelo

Las lombrices de tierra viven
en la tierra. Ellas comen hojas
descompuestas. Los residuos de
las lombrices de tierra ayudan
a las plantas nuevas a crecer.

Plants live in soil. Plant roots soak up food and water from soil. What lives in the soil near you?

Las plantas viven en la tierra. Las raíces de las plantas absorben alimento y agua de la tierra. ¿Qué vive en la tierra cerca de ti?

Glossary

clay—very fine soil that is soft when wet and hard when dry

pebble—a small, round rock

powder—tiny grains of crushed rock

rot—to break down or decay; animals and plants rot after they die

sand—tiny grains of rock

silt—particles of rock that are smaller than sand but larger than clay

waste—the material that is made and left behind by a living thing; animals eat food, use the minerals in the food, then get rid of the extra material as waste

weather—the condition of the outdoors at a certain time and place

Internet Sites

FactHound offers a safe, fun way to find Internet sites related to this book. All of the sites on FactHound have been researched by our staff.

Here's all you do:

Visit *www.facthound.com*

Type in this code: 9781429653473

Glosario

la arcilla—tierra muy fina que es suave cuando está mojada y dura cuando está seca

la arena—pequeños granos de roca

el cieno—partículas de roca que son más pequeñas que la arena pero más grandes que la arcilla

descomponer—entrar en estado de descomposición o putrefacción; los animales y las plantas se descomponen después de morir

el guijarro—una roca redonda y pequeña

el polvo—granos pequeños de roca aplastada

el residuo—el material que una cosa viviente hace o deja atrás; los animales comen comida, usan los minerales en los alimentos, luego eliminan el material adicional como residuos

el tiempo—la condición del exterior en un momento y lugar dados

Sitios de Internet

FactHound brinda una forma segura y divertida de encontrar sitios de Internet relacionados con este libro. Todos los sitios en FactHound han sido investigados por nuestro personal.

Esto es todo lo que tienes que hacer:

Visita *www.facthound.com*

Ingresa este código: 9781429653473

Index

Índice

Editorial Credits

Erika L. Shores, editor; Strictly Spanish, translation services; Ted Williams, set designer; Eric Manske, designer; Laura Manthe, production specialist

Photo Credits

BigStockPhoto.com/Adrian Jones, 10; Dreamstime/Bruce Macqueen, 4; Chee-onn Leong, 16; Sumeet Wadhwa, 8; Dwight R. Kuhn, 18; fotolia/Fedor Sidorov, 6; Getty Images Inc./Dorling Kindersley, 14; iStockphoto/Svetlana Prikhodko, 1; Shutterstock/Condor 36, 20; Mark Graves, 12; Sharon Kingston, cover (hand); Tina Rencelj, cover (plant)